左手

目黒裕佳子

目次

装画＝著者
「ギリシアの花」
装幀＝思潮社装幀室

左手

目黒裕佳子

よる

さはやかなしたで　くつがへす
よる

列車はけむり　しづかにはしってゆく
乗客はだまっている
むねに手を　手に
世界をおいて
（ああ　ひかるうなばらはきれい）
（静脈のばらいろはきれい）

ものおとたてず
乗客はまなざしの束ほどき　ふと
ずぶぬれのまなこ
ばら蒔いた
（ごらんなさい　かたことゆれているのはほしです）

その闇に
はなやてあしも　しづかにひかり
（どちらさまも　ひえますすな）
（零下らしい）
じつに　きれいなよるなのです

きり

ふっくらとした霧のなかを　さまよふ木洩れび

うごかうとしない
すべての小鳥も
うひうひしく夜をだく
森のきのこも

きみのかたい瞼の奥の
ほりぬかれた水晶
過ぎ去った季節の夢

世界中の意味がとけだす場所に
黒いかなしみの列車がすべりこんでくる

うごかうとしない
すべての小鳥も
すべての夜も
きみのかたい瞼も

おんがく

おごそかに　きみは奏でる

くらいからだをひらき　海は
きこえないものに　ききいっている
泪のうらがはに　ひとつぶの太陽がきらめく

くじらよ

きみはその巨きなくちで　こざかなをだきとる
きみはしゃべらない　きみはわらはない　きみはだまってあいする
きみは闇をだきしめて　すべてをゆるす

いま
ちんもくにだきとられ
ひとのひたいにめざめる　緑いろのこだいぅを

静謐なよるがくる
おごそかに　ことばは遠ざかる

心象

i

朝になるまでに血を抜き　蠟の真顔で
おかくれになる
ひとつ　ふたつときらら星かぞへ
水底で泡をはんでいる

かへらうよ
といったら　浮き草はまた
いいやとてまねき
黒い河が　光る背鰭を溯るのがみえた

きれいだ
きれいだ
といひあひ　すこしだけ
みつめあった

まだ　生きのびている
と口のなかでいった　からっぽのバスがかたかたやってきて
すいちゅうをライトで照らした
みつからないように黙っていた

雨がふりさうな予感で
のうみそがどくんどくんと
鱗・たたいた
（バクハツ）

まっしろだ
まっしろだ
と抱きあったまま
とほのいていくのは　なにか

ひかりがきれいだし
空気も水もある
（まだ大丈夫　これには奥行きがあるんだ）

路には
いっぽんの木
いちまいのレンズ
いちれつのながい種たちの記憶
（すごい　まだまだ生きそうな気分）

古《いにしへ》のうた

はげしく草をふむ仕草で
ずむずむのりずむふみぬき
きみはそらかたへ逝く

ああ馬のかはのなる
かはならすきみの
ひたたれ

この颪な沁むの地のをくに
祈るまなこらの
涼しさ

祝《いは》なふ日
青人草たなびき
梢に芽芽かたくつよくひかりき

へーいほーう
ほーうほ

桜の木っ端ふるはし
麻にてのしばり
ふりほぎ

大地にむすばるるひとらの
むなびやうし
しらし

ああ
ひかる拳
みそらの　あを
たからかにうつ　つきあげる

羽虫よ　あなたの影を　わたしは背負はう　あなたの夢想のこみちを　わたしはとほらう　あなたのさばさばしたこどくを　わたしは羽ばたかう
あなたの透きとほった哀しみのなかを　わたしは　はしらう　わたしは生きやう　ああ　かるい　あかるい　遠い空にたなびく　あなたのいのち

正午
影はながれ
のろしはたなびく

わたしは真っ白な気絶を心臓にしのばせ
もえるこころで　はらっぱを歩いた

凪

水草につかまれて　眼をとぢた
くらげなすただよへるとき　世界の三方からわたりくる

夕凪ぎ　ちり散る
蟹のように階段をのぼりおりする　つめたいあし　波あし
月に惹かれ　水辺へよせる　気絶はましろの衣装
波に洗はれた幾千の眼は　砂のふちべより唄ふ

（このあしはほとんどあなたのあし）
（このなみはほとんど　あい）

かなたこなたと　ししたたる　ふるひとのはしりに
はしりまはる　白い衣装の　雨女《わたし》

石笛《いはぶえ》がきこえる
すきとほる闇間よりきこえる

なみはしんしんと遠い岸をはしる　いつのまに幾千の手足もまじり
つらなり　輪をむすび　花たちはからだを

投げる　風にのってはしる
ふるひとの頬も夕海に染まり
なみはゆたかな黒髪をたぐりあそばす

滝

朝焼けかほる
太古の娘らには
ほのかに射するましろの花影
しめるほほ

酒瓶さかさにかかぐれば
風はひうと吹き
北からひうと吹き
水辺の魚《うを》も夢くぐる

滝はおちる　しづかにしづかに　おちる

ああ　すうはあと
息をつぎ　梛の根もとへかけてゆく
ふとい幹に首ねをささげ
夢をすすぐせせらぎをきく

わたしはおちる　あなたの永久凍土《まどろみ》のなかへ　おちる

清冽のくちびるに
恋子唄
太古の泥より流れくる
花嫁の眠気……

ねむり

雨ぬれた石段をおおふ
水の袈裟《ヴェール》
したしたと心が滑り落ちてく
(ねむいよ)
電話線につまってる声たち
夜を吸ふカーテンのふくらみ
たくらみ根の国へと越える
谷をわたる低空飛行
(ないしょだよ)
ちひさな足の裏をそろへてソラに向け
煙突かほる夜風にのる

（おどらう）
世界はこの星の影にはひり
太陽はねむりの谷底に迷ふ

洞窟に描かれた牛たちは　恍惚にしらみ　密やかに蜂起している

いき

ずっとむかし
どうぶつとひとはおなじ体毛をわけあひ
見詰めればすべてをりかいできた

いきものはみな
翼とかがやく眼光とあたたかな心臓を
かくしもっていた

ごくしぜんと
生けるものは死んだものにはなしかけ
死んだものはからだを与へた

すべてはしぜんに
信じることはそれが命がけであったから
そのとほりになった

（いちほんのあし　あまたあしなみ……）

誰もかみさまのことは見たことがなかった
ただたえずふれていた
畏れていた

太陽のねつが胸ににじみ　月がときさます
その円環のそとに果てしなくひろがっている
ふとい指をくみあはせ　岩のふり　花のふり
夜のとばりがはがれおちると
遠くかくれていた水脈《たき》は万物のおもてにもあらはれる

（いちほんのあし　あまたあしなみ……）

うたふ　かりをする　いのる　ねむる　あいする　たべる　うたふ　いのる　お
それる　ふるへる　おどる　あいする……

ずっとむかし

〈すべてのいきはひとつ〉

心象
ii

もう食べごろかな
まだうすら青いよ
かたくならないうちにさ
まだふよふよだよ
話しかけてみよっか
だめだよ邪魔すると怒るよ

揃へて折っていた膝をぽっきり逆さに伸ばし　太陽を腰のあたりにくりつけてお天《そら》へ昇る　おいしさうだったのに　うん　夕餉においしさうだった　しょんぼりぼんぼり　ちんちん太鼓を打ち鳴らし空きっ腹萎ませて帰る　甲斐なし

心象 iii（春の冬眠）

あかるい　泥のせかいをてくてく歩き
泥んこの目玉　泥んこの身幅　泥んこの手足
清かに洗はう

（ここには杓子定規がありません）
（欠けている部品のかたちは）
（さんかく）
（重みは）
（おおよそ十五キログラム）
（煙草は）
（すいません）

（お酒は）
（ざる）

あかるい　泥のせかいを悠々歩き
顔も洗って出直さうかなぁと思ふけど　万事見事に見あたらず
未《いま》だまだまだ芯より眠し

（ふてくされているのでしょ）
（おなかがすいているだけです）
（狩りでもしましょうか）
（狩りしましょう）
（すぐにしましょ）
（急ぎましょう）
（獲物はそこ）
（獲物はどこ）
（真っ只中に）

ずどん！
　まだ眠し

（難題です顔と手ならどちらをまっさきに洗ふべきか）
（ならば手）
（でも手はポケトに隠しておる）
（ならば出して）
（ポケトから出す）
（あらゆる指をさわさわ開き）
（さぞ気分よく）

ずどん！
あかるい　春の泥が心臓の襞までみちてくる
醒めたいと思ふけど途切れ目見あたらずユメつらなり

柔和な笑みのひと
唇の赤きひと
千匹の豹
豆電球
奈落

（おしづかに）

どこまで眠し……？

手

夜は〈永遠〉に似ている

たてがみを騒がせながら
たづなをつかむ巨きな手はこの夜をささへ
半身をやはらかくうづめたまま
頭蓋にねぢこまれた緑石の拳にをののく

色のない炎
「他の模様はありえない」と皮膚を剝ぐ

洞窟には蠢くもの
夥しい手形と海の香《か》

下地を暴かれた身に　星空《せいくう》は背景を見失ふ
……ながく　ほそく　息をして

夜の群れは走る
記憶をつつむアルミ箔は悶え
ぢりぢりと　つま先から頭上へ裏がへり
闇は根底より光る

……しかし投げつけられたものはもはや手形とはならなかった
それはほとんど永遠ともいへる時代の夜をささへてきたものだから

ああ無時間へと進む
沈黙は太古の谺となってはしり
すべての夜をその光源に向かって遡るだらう
巨きな手は三本のたづなのなかへ見失はれたまま……

夏

君のなかにゆれてる　まっさをな果実
ぼくはそれに触れた
ぼくは摘んだ　叫びながら遠ざかりながら摘んだ

ぼくはかじった
その果実を　痺れながら爛れながらかじった
歪みながら欠けながらかじった

ぼくらは激しく闘ひ　時の座標軸である
地平線を
越えた

ぼくらは溺れた
ぼくらは沈んだ
ぼくらは黙った

そして誰もぼくらがまっかに染まりながらたかくたかく昇るのを見なかった

氷

風の唸り
氷吹く硝子のしろじろ
簡単な仕草で
その人は　わたしのくちに封をした

わたしは黙つた

たいせつなことはすくない　ことばはほとんどひつようない

雪をかぶつた馬の群の沈黙
白樺のいななき

旅人

まだいちども歌ったことのない
こごえるくちびるに春をふくみ　そのひとは現れた
星くづのなみだをうかべ

なにか
あかんぼうのなかに老いたひとが声をころして泣いているとか
老いたひとのなかにあかんぼうが眼をつむって眩しさにたへているとか

そのような難解な思想をひたひのあたりに漂はせ
夕餉を求めるでもなく
扉をあやすでもなく

ただ
無垢の胸襟を土路にひろげて
そのひとは若かったが骨格はもうじゅうぶんに

逞しかった
わたしは旅人をもてなさうと戸口をひらき　器に
あつい血潮《スープ》　注いだ

ゆっくりと巻き毛をふり
そのひとは　匙をふくみ　眉間をゆるめ
いまにもこぼれさうな結晶の眼でわたしを　見おろした

星座！
と気づいたときには
そのひとはもうだいぶ遠くに引っかかっていた

夜のまぶたは
ふるへ
わたしはなぜかそのひとがくちびるから零した太陽の欠片を拾ひあつめた

つまさきに　火をともし
そのひとはひとつ
啼いた

犀たちは花の影から見ていた
微動だにせず
憐れみもせず

ちひさな穴のまなこを幾千もひらいて見ていた
見守られ
わたしも発った

胸にふしぎな希望があった

色彩

あたたかい毛皮のなかから
あなたはやってきた

あつい息をつき
左手にしづかの小石をにぎり
世界の水路を脱ぐようにして

あなたは黙ってはひる
目をつむり震へながら
もうひとつのやはらかいからだのなかへ
細やかなものをすべてうしろへ脱ぎ捨て

なにか大きくてとぎれめのない果てのないもののなかへ
あなたは一身をあづける

わたしは昇る
あなたがもうちかすぎて見えない
ただ遠くの森で　きらきらと木漏れ日の揺れるのがわかる
海が光るのがわかる

あなたは世界の音色にききいっている

　岩瞼
　空鼻
　海唇……

鬼ごっこ

わたしの中に埋れていたものが
沁みだしている
インクのような静けさであなたは
逃げている
果てしなく遠ざかりながら　近づいてしまふ
邪魔な手足
さびしい鬼ごっこに気づけば巻かれていた

鬼はわたし
いいえ　鬼はあなた

出逢ふことのない時間の終はりを待つことができずに
　ふたりを隔てる二枚の皮膚を熱心にみがく

あなたは逃げている
うつくしい顔をして
わたしは追ひかける
つめたい角をはやし
魚めきの速さで　追ひかけている
邪魔な手足をたらし

振り向くと
追はれている
ながく伸びきったあなたに
振り向くと
消えている

伸びきったあなたも
せかいも

あしおと

あなたがやってくる
あしおとがする
ゆつくりで
まつくらな
おと

夜の吐息
太陽の影を濃厚に
纏ふ
（ゆつくりでいい　まつくらでもいい）

左手の匂ひ
背中の雪車《そり》
のめりこむ頭部と
ふくらむ胸と
ふみだした足が　また重く　あまく　のめる

失はれてゆく
左手をつかむ
もういない
あなたのつめたい左手をつかんで　光る
あなたのぬくもりが血管をびゆうびゆうと流星のごとく駆ける　駆ける
あなたのやさしさが夜ごとにわたしをのり越える
わたしは信じる

　やさしさはつみではない
　ぬくもりはつみではない

この左手は誰のものでもないだから放さない
あなたの唇はやさしい
あなたの唇はやさしい

そしてわたしは堕ちる　わたしは眠る
ゆっくりで　まっくらな　あなたの　あしおとのなかで

まひる

窓から飛びこんだ
白い鳩
慌てて鷲摑むと　はづかしいくらい
やはらかい
鞠のようにふくよかで　鈴のような心臓をもち
きづけば　一羽は三羽にふえている

ぬくゝよかな手をのこし
影になって階段をおりる　とくとくと
蛇口に火のけ

窓からくる閃光は　最果ての記憶で
胸を一杯にしてしまふ
(やけてもいいや)
にぎっている鳩のことは
半ば忘れている

まひる
しづかに
シャッターをきる
こなごなに　なって

もういないひとが　ふと　傍にいる気がして　立ち尽くした

谺は戸口を往来し
あかるいひざしに　また夢は絡む
ひんやりとしたものに愛される

（はとかな）
わたしは夢中になる

鳩がいふ
君は淋しいひとだね

鳩の目は　ほんとうは紅いのに
その鳩の目だけは　ほんとうに
青々としている
君の代はりに　さう鳩はいひ
砕かれた青空のような涙まで流している

月と石

ながい旅の果て
顔のないひとは　きた
わたしの胸のなかへとびおりて　きた

わたしは赤子の踵で砂をふみぬきながら
まっすぐな背丈でたっていた
人草のねむる凍土のなかに

わたしはこはかった
この胸におりくるひとは
黒い海に薔薇色の化石をばらまくのだらう

（わたしはずっと祈っていた
澄んだ　透きとほる人生になるように
祈っていた）

新時代になり
硬い衣装に身をつつんだ腹のつめたいひとたちは
東方より徒党を組んであらはれた
とびあがり　のけぞり　天に唾をし　泥だらけの手と
くすんだ夢と　石にかじりついてねむった
悪党ではなかったが
その姿は　どこか滑稽に忙しく　かなしかった

石は
ひとびとがねむると幾重にも目醒め
目醒めると　内部より砕けて砂にかへらうとした

(わたしはずっと祈っていた
澄んだ　透きとほる人生になるように
祈っていた)

やがて顔のないひとは　おりたった
なめらかな指をいっぽん　そっと唇のまへにたて
砂色の微笑を浮かべて

光が壊れ
世界のたてがみはふるへた
この首筋にも夜がしたたり堕ち
そのつめたさに　ごうと膝を折り　天を仰いだ
銀河のみちを古い夢が大股でわたってゆくのが見えた

(かみさま

命あるものの　あの瑞々しい絆に　我らを
つなぎとめてください）

わたしは女たちの列にくははり
あたたかく血を流し
輪をなしてうたひ揺ら揺られ
七日間にわたり祈った
やがて海に円い月があらはれると
まだかたい蕾であったわたしの踊りは
指先や乳ふさにまでこみあげ
咲きみだれた

夜明け

眼をさますと
棒きれのように海辺にささって
いた

夜明けだった

まはりはゆるゆると
最果てまで
ぬかるんでいた

突然　蜃気楼が身体を貫いて現じた

渡り鳥の群は肉片を啄ばみ
うつくしく旋回して
いた（痛みはなかった）

さうか
と思ったら
額にひとつぶ星が降った
（時間なら　瞬間だけあった）

瞬いたら
木っ端微塵
またたくまだった

心象 iv

夜　刃物は冴える

（遠雷）

毎夜　誰のものでもない声にみたされてこぼしてしまふのをどうすることもできず
みまもり　のみこみ　憧れはまたずっとふくらむ

口いっぱいに雑魚をふくみ　絹色の肌をして
蚕のように役立ちたいとか　うぐひすみたいに啼いてみたいとか
さういふ憧れを持ち
そもそも生まれたからにはこの命なにに使はうかと　ふと

かんがへこんだりしてしまふ
さうしてときに動揺にふるへ
街角に立ち尽くして電信柱によりかかり小糠雨にもぬれ
のれんの奥で湯につかったり　髪を編んだりしている
雷みたいに騒いでみたいし　自分も立派な尾がほしいとか
あいかはらず憧れて

（遠雷）

ほんとうにひとりになってみるとつまらないなといふ気もして
あくびする

ああ　目が光って困る……

心象

v

遠い市　白うさぎ　うろこ雲……

雲はもこもこへんかする
すんばらしい　うらやましい
ひとつ真似事をしようとけっしんし　のはらへでかけた

さて　いかにしたものか
まるまって血眼になって考へてをる
（儘よ）
コップいちはいの砂糖水をのめば
ひげや奥歯は二メイトルほどもうきあがる
（はっ！）

ひろいおでこに空うつり
コップの取っ手とスプンも廻り
いかないでといふ思ひと　つれてってといふ思ひが（うおん　ぐるぐるん）

あったかいぞ　お日柄もよいぞーん
いのちがぷっとふくらんで
ふくふくなって　ふふんとなって　ふうわりうかんだ

しそうもごちそうもいらない
なんにもしたくない
ただずっといきて　ここでこうしてたい

ここは皮膚も毛皮もない　しづかであたたかいはら
生まれるまへや　死んだあとは　こんなはらっぱに住むのでしょうか？

対話

午睡から覚めたころ、戸口に一人の男が立った。歳をとっているのか、棒切れみたいに傾いていた。口は笑っていたけど目は泣いていて、その目はひどくさざなみ、深い湖のように底が見えなかった。湖のなかを大きな魚類《うをるい》の影がゆったりとゆき過ぎた。

わたしは吸い込まれてその人を見つめた。

男はシャッターをおろすみたいに、瞼をしゅうとおろした。

吸い込まれてみるとそこはじつに広かった。つまり、その人の内部にはひとつの自然界といえるようなものが広がっていて、独自の進化をとげた生き物もそこにはたくさん住んでいた。犀、燕、シーラカンス、ピラニア、兎……。みんなすこしずつ様子はちがっていたが、生き生きとした美しい姿をしていた。

わたしは嬉しくなって、羽を伸ばして存分に遊んだ。

どれくらい経ったものか。目の眩むばかりの楽しさが引き潮のようにひいたとき、わたしはようやくながい時が過ぎたことに気がついた。

やがて男はおろしていた瞼をすんなりともちあげた。痺れる紅っぽい西日が部屋のなかにもさし込み男のまつげの影を、ヴィオロンの弦のようにながくひき伸ばした。瞼がゆらりと開かれる、そのつかの間、わたしはその人が胸の奥に隠し持っている碧々とした哀しい宝石を見た気がした。わたしの胸も石のようにひえて固まり、それでなんといったらいいかわからずに黙っていた。

その人は全てを察しながら、洞窟のようにしずかに語りはじめた。

宝石のことではなく、そのまわりの風景のことから。まわりからなかへ、なかからまわりへ。つめたいものを、ことごとくとかすように。

わたしたちは夜を徹して語り合った。たとえば運命ということについて、たとえば感動ということについても。あんまり熱心に語ったので、明かりを灯すのを忘れていて、だんだんお互いの顔がよく見えなくなった。ときおりその人のとろけるような眼差しが注がれているのを感じたが、それが男の目なのか、それともわたし自身の目なのか、そんなことがわからなくなった。男は、まわりからなかへ、なかからまわりへという具合に近づいているようだった。なんだか近すぎやしないかと思ったその瞬間《とき》、その人はわたしをすっかり抱きしめていた。「おもいだしたわ、なにもかも……」わたしがそう呟くと、その人は額のあたりをぱっとひからせ、蝶の番う仕草でとび去ってしまった。

わたしはそれからずっと起きている。

海

目を閉じると、海が見える。

一日の仕事を終えると、少年は裏庭の井戸へかけてゆき、つめたく湧く水をごくごくとのむ。そしてつぶらな漆黒の小石を洗うように、ひとつしずかに瞬きをする。

少年のことばは喉の奥に凍りつき、もはや舌の先にのぼることはない。

少年は、現れては消えていく摑みどころのない思考を、ことばのかたちに整えてみようと思う。けれど、ことばの輪郭はいつまでも漠としてさだまらず、少年はまた裏庭の井戸へかけてゆき、つめたく湧く水をごくごくとのむのだった。その井戸の水をのむと、少年は心がしんとして、時間とか空間とかいった大きなものの構造を信じられる気がした。

夜になると、少年はふたつの耳をぴかぴかに磨いて窓辺にそろえて置いておく。それは貝殻のようにひっそりとして、いかにも有能そうに見える。少年は右の目で左の耳を、左の目で右の耳を見据える。(みんなぼくを不器用という、でもほんとうはとっても器用なんだけどな)少年は思う。(ただすこし混乱があるだけ)

少年はそろえた耳で、きこえない音楽や、語られなかった言葉を、ききとろうとする。

夜更け、少年の瞳は、澄んでくる。黒く、渾々とあふれてくる。

目を閉じると、海が見える。

とても寒い冬の夜。

少年のからだの毛細血管に、ついに海である硬脈が合流し、少年は不意に跳び上がって旗をふった。

彼は叫んだ。

「くじらが来た！　群れだ！　群れだ！」

十一箇月

二月

霧の眠気
爪先からおでこへかけのぼる不可逆な力　あおいまるい空の
コップを　それが眠気の壺をかち割る力をこめて
左手をつよくして待って　ゆっくり
弛緩してひきのばされてゆく眠気に　蝶
黒い煌めきの蝶々を指先でつかまえ　水たまりへおりくる
そういう爪先からおでこへかけのぼる不可逆な霧

すりかわる鏡

爪先から失う半身　月の欠ける朧にも似て太る　闇
泥のように眠く　眠る
優しいなめらかな切り株に首をおき
雨音に洗われ　茸らとふっくら肯き　こまやかなしぶきにまみれて
見境なく静止した
――雨の躰

やってきた祭日　こうばしく爪研ぐ　ときおり味わうはじまりの気配
永劫の涙の裏側に輝く一粒の太陽を見つめてみる
夜の虚空に　ぽかんと浮かんでる
気持ちになる
空は低い　空のうえにも浮く
誰もが生まれる百年まえか　百年あとの地平に
方角　という感覚はなく
ただここがあそこ　あそこがここ　それが無限に　無作為に　繰り返す
そのように三六〇度はほどけ（自由はすばらしくおそろしい夢）

四月
街は根底からばらばらだった
海の破片と山の破片を　錯乱したロオプで裁断し
灰色の宗教団体　党大会　灰色の喫茶店の黄色い飲みものとシガー
立てかけられたボトル　ボロ布のバラック　そして戸迷いながら出かけてゆく
骨を埋めはじめた生き物の　首の豊かな文明に
それが運命《フェイト》であると告げながらひっそりと尾を巻いているのは
残酷な魚介類たちとそっくりな　街の正体

しかし　夢にみていた
パイプから吐く　途方もないものを
だくだく呑む
雨の躯を
ひえきった恋人たちの胸元に隠された太古の宝石《いし》を
（そのように再び手をつなぎ未来に生きたい）

五月

ヘリコプターが風景をばらばらに刻みながら　来る　部分はそれぞれの呼吸に没頭し
それぞれがもとあったところへ還らんとし　或いは
どこへ往くべきなのか　と
尾首をかしげる　乱れる回転状の胸騒ぎ

群れの女たちは髪をほどき
鏡を見る
濃い夕焼けを見る
そしてしぶきのような踊りとなって
あの連鎖のなかへじりじりと押し出されてゆく

銀河には
ひとりきり　息もせぬ静けさで　そっと水をかく生き物の視線は
抵抗のない　抜けるように温かい血潮の

母のみ
六月
水の惑星は斑紋に悶える
神様に手紙を書いたり　煉獄篇を焼き払うなどして
刻一刻
庭に　投げ出された意識のパーツたちは　それは眼だ　手足だ　心臓だ
と　それぞれの故郷を求め　複雑になり　手塩手塩に細分化し
手の施しようのなくなったところで
純粋になってしまうのだった
（君の本性は透明魚ではないか　君の眉間を流れる川　それが時ではないか）
そもそもこの世では　手は手のためでしかない
永劫に回帰しつつ　己を掴みきらぬ手の不具合

ああ　もう　流れよ

とそっと　時節の髪を摑み　紅茶色の目玉をつややかに磨きて見つめる
午後の庭に生い茂る　閑かにピアノをひく　厳かにひく
そして旋律は人々の背丈を野薔薇よりも幾らか低くし天を仰がせた
なんて無防備に　それぞれの細い蔓を差しのばさせた
宙空にそれらはただよった　見えない蕁のように馨しく　こまやかな棘にまみれ
人々は摑まなかった　人々はひたすら深くなり　ひっそりと生い茂らせた
胸から腹にかけて艶やかになり触れあう電光石（スパーク）

七月
燃え尽きた
そこに残された楽譜は階段だった　飛翔する階段　実にそれは静物であるが故
誰よりも生きていた　それはほとんど
胎児であった
無垢な　まだその目的だに思い及ばぬ無意識の子
そのことが人々をなおさら敬虔にした
天に差しのばされた梯子　ほそりと白い指　百万本の迷路

先にまだ完全には見えていないものは……人類?
拡声器は鎮まり無言が庭園を覆っていた

八月

旅に出る必要があった　ここをあそこに　あそこをここにする
そのために　類という　その偉大　その自由と孤立のために
清冽に泣く必要があった
わたしはぼんやり箒にまたがり　キッチンへゆく
真夜中の床には　窓から差しこんだ過去の西日が動いていたが
あれは類の頭のなかだな　そういうことを思うと　さっ
と　鳥の影がよぎった　鳥の顔　つんとした鏡の顔色
美しくはない　瞼のない驚愕の顔立ち　ああ!
わたしはそこから飛翔した　喰い散らされた饗宴のあとをとび越え
文明の彼方へ　婚礼の季節へ　この身を送り出した
わたしは眩しく現在を追いぬき　未来の朦朧へと突き進んだ

地下の小鳥たちは　目覚めよ
君の血管には熱風が吹き荒れてはいまいか
君の血に　海を練りこめ
研ぎ澄まされた胸毛は恐竜の産毛
君の叫びは　記憶の土砂をも揺さぶる

堕落した魚たちは地上に細い肩を並べて銀河を見上げた
かつて星座であった
尾ひれをそっと土に与えながら
あのふかいそらのことを考えていた
白いスウプにはしゃもじの面影
夏のパイプだけがもうもうと煙を吐いていていた

九月
黒板のまえに立ち　枯木のように口をあけている
じきに川がきて比喩を根こそぎ剝ぎ取るだろう

記号を台無しにし　〈現実〉の底に眠る　あの比喩だけがゆっくりと
眼をあけるだろう

夏の休暇が　鼓膜を痺れさすように講義室に入っていく
ここには語るための言葉がない
ただ幾百もの幻の頭部が砕かれることを待ち整然と並んでいるばかり
(兄弟たちよ　ゆけ)
わたしは彼らをリングへ送り　開始のゴングをけたたましくうった
幾百ものこめかみを　なり響かせた　けばけばしい衣装を着て
人格を失わせるほどのメイキャップ　歩度のひたたるマントウ　謎猛るハット
高見から　闘いを眺める空っぽの王座より挨拶する
グッドバイ!

しかし　立ち去ったのはわたしばかりではない
(そこは結局のところ誰のための場所でもなかった　教えることも教わることもなかった)
合唱の声は響いた

(ただだきあうことができるだけだ)

と

わたしは関節をきりきりさせていた複雑なコンピューターを世紀から取り出し
人間の胸ぐらへ飛びこんでいった　ゴングをうった
それはカナリアの仕業　失語症の
くちばしのない　顔のない　羽を毟り去った　生けどりの仕草
たくさんの人の闘いの最中でわたしは殴りながら眠っていた
殴られながら夢みていた　交わっていた　雨を待っていた
ざっざっざっざっざっざっざっ

十月

電話のベルが鳴った
怯えるように　鳴ったのは――　電話は無人からだった
それも地球人の　身長のない　体重のない　身も蓋もない　声だらけの
「……」

声はよかった

そしてわたしは会った
たくさんの羊の残骸が後押しした　わたしは分厚いセーターに埋もれ
羊たちをひきずりながら歩いて行った　タクシーは拒んだ　羊たちの大勢のせいで
そのこまやかな糞の潤いのせいで　わたしは歩いた
道のりを　ほとんど天使になりながら
影は奈落まできれいに堕ちていた
それは　忘れられない風景

巡る季節は
ざっざっざっざっざっざっ

十一月
わたしはローマを経て　エジプトまで行った
つよい酒を呷りながら　産みながら　大河のように行った

エジプトにつくころには　すっかり
裸になっていた
羊は　一匹　また一匹と去った
後ろ影には　無数の蝿がからまりついていた

蝿たちも茹だって宙に浮かんでいたが
それは気持ちがよかった
それは気持ちがよかった
わたしは肥沃になった
躰のなかにたくさんひしめいていた　思念を食いつくした肉が
たとえ摑みあう柔らかい踵にも　過去があったことを思い出させてくれた
わたしはユーモラスと婚礼に挑んだ
砂漠のサーカスはカラフルなターバンにくるまれて　来た
われわれのユーモラスは　来た
無軌道な星がそのように導いた
ざっざっざっざっざっざっざっ

過不足はない　指も二十本ぽっきり
けれど闇が膨れて　注がれてゆく　濃厚に
それがこの狭い胸に溢れることなく受けいれられ　注がれつづけると
やがて光り出す星
その光源は　闇の力によって輝く

十二月
叫ばなければならなかった　それなのに声はなかった　世界中の声が
尽きてしまった
言っても言っても届かなかった　あの言葉が　いま　根こそぎないこの世界で
ペンは太い無垢となり指のまたにもたれていた
記憶は甘美だった　くだもののように秘密めき　くだものやのようにあかるく
なるほどかつてわたしは雨のくだものやで沸騰しかけのザクロを買った
あれは食べ物ではなくほとんど宝石だった
わたしは躰を着飾り　渋い汁で瞼や頬をぬりめき

踵で踏み砕き　血の古代へ溯った
その大理石の磨きぬかれた柱
踏まれたものは　わたし自身の変奏曲　太ももの飾り　グルジアの映画
それは　かつて声が
息があったとは
夢だった

雪が
すこしも動かないものにだけ　積もった　この心にもうっすら
（剝ぎ取れるだろうか）
わたしはエジプトを去った　あの三角錐のエネルギイである古代文明から
ふたたび　転調し　講義室へ立った
「己を重視してはいけない」
わたしはひっそりと声に出して言ってみた
（だからこそ）
若者たちは合唱した

――そう　合唱のなかでしか　人は真実を語ることができないから
（やっぱり希望はあるのだ）
もうなにもかもがステキだった
入り口がそこらじゅうで増えている　恐ろしく豊饒な空虚が　そして
出口はないのである
わたしは一身を失い　開けっ放しの扉をまえにもう笑いだしていた
若者たちもそれぞれの入り口へ傾き
微笑みあっていた
時は流れていた　一秒
また一秒
無軌道な星は宇宙の大合唱のなかをゆき　この胸にも　ひややかに煌めいた
十二月　わたしたちを未来的にした季節　それは望郷の冬だった

そして瞼の奥より川が流れる
裏側の太陽は　はじまりの日から変わらずに輝いている
時は流れている

世界は立ち止まることを欲するが　立ち止まる場を知らない
橋たちは追いかける　雨の群れを
川の記憶よりも速く
源流は果てしなく遠ざかり　溯る無人を知らない

三月
この世は春である
誕生以前　その只中に立ち
カナリアである人は小高い市に向かって　ただ一度　啼いた
感情の一切は〈姿〉に満たない
ここでは　正気だけが梢に目覚めている

「この世は美しい」
そのように叫びながら母たちは産んだ
無軌道の星は信ずる者を牽引し　まひるの空に尾をひいて走りつづけている

「よる」「きり」「おんがく」「古のうた」「風」「手」「月と石」

「まひる」「あしおと」「心象・i」「心象iii」は、「現代詩手帖」

二〇一八年三～七月号連載。一部改稿して収録した。

左手《ひだりて》

著者
目黒《めぐろ》裕佳子《ゆかこ》
発行者
小田久郎
発行所
株式会社思潮社
〒一六二―〇八四二 東京都新宿区市谷砂土原町三―十五
電話〇三（三二六七）八一五三（営業）・八一四一（編集）
FAX〇三（三二六七）八一四二
印刷・製本
創栄図書印刷株式会社
発行日
二〇一九年一月十一日